五行歌集

白無垢を着て

詩流久

市井社

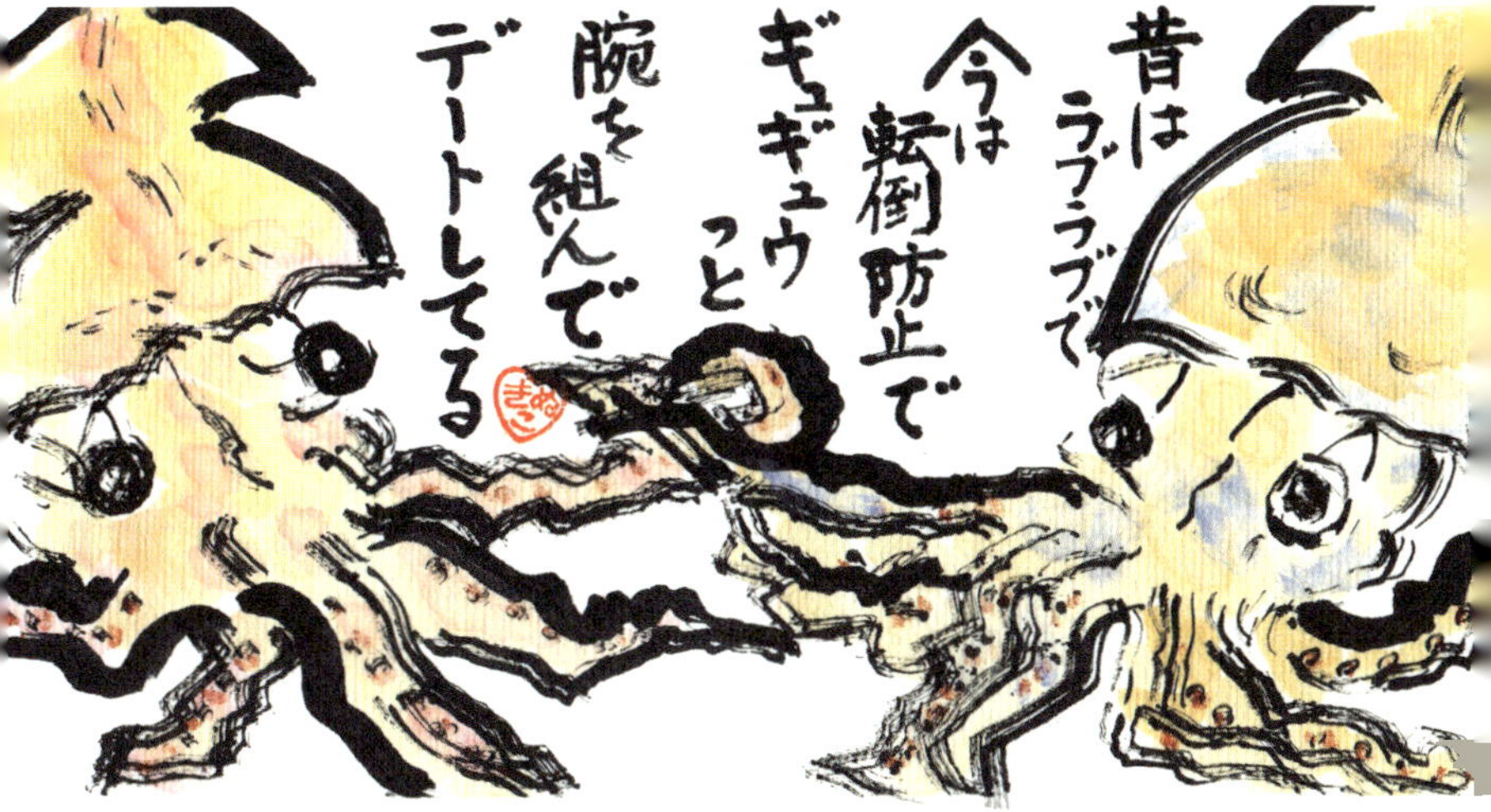
昔は
ラブラブで
今は
転倒防止で
ギュギュウ
っと
腕を組んで
デートしてる

呆けてもいい
歩けんでもいいよ
母さん
生きてて くれりゃあ
それでいい
きぬ

「認知症初期です」
医師の言葉に
母は
ふうっと
小さく　笑った

お前は
ほんとに
いい子だねぇという
殺し文句に
生かされてきた

盆帰りの義母の
体を洗う
鬼燈が
一瞬
仏になった

「せんせい
さようなら
みなさん
さようなら!」
明日も会えると
信じているから
子ども達の
別れは
明るく元気
き

嬉しい ただ嬉しい
あなたがいること
あなたが笑うこと
あなたと生きること
きぬこ

白無垢を着て

目次

1

100％元気!!

「せんせい、さようなら
みなさん、さようなら」
明日も会えると信じているから
子ども達の別れは
100％元気!!

頼まれた仕事を
断ったことはない
たとえ辛くて不安でも
自分を育てる種になる
と信じているから

人の生き様は
顔に表れるもの　と説けば
先生の人生は
激しかったんだね　と
今日もピリ辛の青木君

今を楽しむのではなく
今の苦労で将来が楽しくなる
と言う　高階中12才に
60才が
ビシッと打たれた

爺じや婆ばや
パパやママ
みーんなの愛と喜びで
パンパンに膨らんだ
健太くんのランドセル

新入生の
何倍もの
保護者席が並ぶ
今どきの
入学式

入学式で
一番緊張してるのは
キラキラネームを
間違えずに呼名する
一年生の担任かも

新年度の
ＰＴＡ役員選出
保護者は
急に
石になる

私の魔法に
かかった
子ども達
心底
かわいい

好きな子に
ほんのちょっと
焼きそばの量を多くする
六年生の
給食時間

女子の水着姿
眩しくて
視線まで
泳がせている
6年男子

2　チョーク一本

児童より多い
参観する教師
自分なりに鍛えあげた
子ども達に助けられた
研究授業の数々

祭り囃子が聞こえる
丸つけする赤ペンも
テストの上で拍子とり
テレツクテン
テレツクテン…

パーンと地球を
蹴り上げて
クルリと宙を
一周する
少年の逆上がり

勉強より
大事なものがあるって
人は言うけど
勉強は
生きる希望だよ

キーンとした冷気の中
赤い頬して登校する子
行っておいで
未来のかけらを
掴んでおいで

全身
スタッカートで集まる
放課後子ども教室
子どもは　どの子も
みんな　かわいい

卒業式の歌
流れてくる校庭
冷たい空気
かすかに動かす
弥生の空

照れながら女教師と
がっちり肩組んで
写真に納まる
思春期の少年
卒業式という名の魔法

夫に
謹慎をくらった少年が
新婚旅行で
夫の好物を買って来る
心と心なのだ

狭い借家が
祝ってくれる子ども達で
いっぱいになった
誕生日の夜
熱血だったあの頃

歓声と溜息に分かれる
新学期の担任発表
生徒が教師を
評価する
緊張の瞬間

母の日に
35年前の教え子が
毎年カーネーションを
届けてくれる
教師冥利

「先生のだんなさん
よくなるように」
とげぬき地蔵のお守りを
届けに来る40代の教え子
あんなに叱らなければよかった…

子どもにとって
真によい教師だったか
本当は
自分のため
では　なかったか

チョーク一本と
口先だけで
生きてきた
これからは五行歌一本で
生きていこうか

3

だからこそ向日葵が好き

身を削り
耐え抜き
脱力して一気に花咲かす
しだれ梅の老木
渾身の春

蜘蛛の子の
やわらかな薄緑
そおっと放せば
ふよふよと
春野に溶けた

植えたことさえ
忘れた球根
一斉に空を切る
命の強さ
示して

プランターのパンジー
いかにも嬉しそうに
咲いている
花にも
感情があるんだ

ああ
春が来た
菜の花畑の美しいこと
固まった心が
溶けていくようだ

空があんまり青いから
泣くのなんか
止めちまって
タケノコご飯
山盛り食べた

パンパカパーン！と
一斉に口を開いて
新春を寿いでいる
老人ホームの
ラッパ水仙

寒風にも
ピンッ
背筋伸ばして
花咲かす
水仙でありたい

誰にも分からないけど
下着と靴下
桜色に変えたら
ほらっ
睫毛の先まで春の風

梅の花
一輪挿したら
春の缶詰
開けたみたいに
こころウキウキ

窓を開けたら甘い風
チューリップの花束
菜の花の辛子和え
ふきのとうの天ぷら
今夜は春のフルコース

ラベンダーの
お湯に浸る
今夜はきっと
薄紫色の
夢

根明《ねあか》の代名詞のくせに
嵐に遭えば
根こそぎ倒れる
だからこそ
向日葵が好き

海《はは》の鼓動を忘れた
貝殻
世界で一番
美しい
死骸

真夏の太陽を
一人占めして
カーンと暑さを
咲ききっている
カンナ

色鮮やかな花の下
ひっそりとドクダミの白
一輪活ければ
ふうわりと
青い夏の香り

男帯
さらりと結んだ
青年は
シュワーッと
サイダーの香りして

風に揺れる
君の後れ毛
気になって
祭り太鼓が
遠くに聞こえる

電線まで押し上げて
人形山車が通る
町が
山車に
動かされる

ねじり鉢巻
きりりと巻いた
少女の後れ毛
金色に光って
夏、真盛り

サンダル履きの少女の
細い足首あたりを
スルーッと撫でて
逃げていく
初夏の風

ひゅん　と天を突く
赤まんまの花先に
秋が
ゆっくりと
降りてきた

金木犀の香り
稲穂の波
こぼれた銀杏
運動会の喚声
びっしりと秋

数々の病にも負けず
車椅子58年の生涯
力強く生きた女《ひと》
ポピーの花畑が
優しく頷いている

季節なら
冬が好き
身を切る寒さが
きついほど
闘志が湧くのだ

冬空のかけら
カキーン
と落ちた
クリスマスローズの
白

花が開くとき
美しいと
思えるのは
命の終わりに
近いから

空はいいね
空もいいけど　海もいいね
海もいいけど　大地もいいね
風も　花も　人もいいね
みんな　そのままで　いいね

花は自分が
最も美しく見える
時期《とき》に咲く
私は　いつ
咲いただろうか

4　光そのもの

新年に生まれた
みどり児は
やわらかな
春の匂い
光　そのもの

一瞬で
見守る大人達の
息を止めさせた
幼児の
第一歩

産まれたばかりの
はるちゃんの泣き声は
空缶を叩くようで
大人はみんな
笑ってしまう

はるちゃんが
生まれてくれたから
夫の血が
繋がった
ありがとう、はるちゃん

にっこりと
笑いかける子
きっと
愛される
人になるよ

腹いっぱい
食べさせて
力いっぱい
抱きしめる
子育ての基本

子どもが元気か
本物の笑顔か
愛してくれる人はいるか
将来に夢は持てるか
こいのぼりを仰いで祈る

5　ショパンによく似た青年

ガタンゴトン　ガタンゴトン…
ショパンによく似た
青年の隣
寄り掛かって狸寝入りしたくなる
東武野田線

風があんまり
甘いから
ブラウスの袖などまくって
あなたのことなど
考えている

昨日は桜桃《ゆすらうめ》
今日は珊瑚
明日は深紅
あなたに会うための
入念なルージュの選択

花房に溶け込みそうな
君のセーターの
藤色が好き
それより　もっと
君が好き

ほんとはお酒
飲めないいんだけど
あなたの前ならちょっとだけ
酔ってみるのも
いいかも知れない

心の奥の
しいんとした
静かな湖に
いつも君が
笑っている

小さな庭が
紫陽花でいっぱい
心は
あなたで
いっぱい

銀色のイヤリング
揺らして見上げる
六月の空
微かに甘く
夏の香り

今年初めて着る
半袖のＴシャツ
何だか嬉しくて
新しい香水
つけてみる

あなたが贈ってくれた薔薇
夏も見事に咲きました
名は「しのぶれど」
花言葉は「秘めた愛」
夫には内緒です

「サングラスとって
　私を見詰めてよ」
アロハの裾引っ張って
ちょっとすねてみたくなる
思い出の海

三日月色の
マニキュアを塗りました
窓いっぱいの夜空を抱いて
あなたの帰りを
待っています

引き返す距離が
長いほど
力を蓄える波
あなたとの
距離のように

あなたの背だけ
見つめて歩いた
五色沼
あの時のもみじの朱《あか》が
まだ燃えている

革靴にジーンズ
こんなに似合う
おじ様はいない
中村雅俊
私のエネル源

6 大大大号泣

垣根に首を突っ込んで
女子高生の逆上がりを
眺め続ける
十五才の愛犬
現役バリバリの♂だ

ヨボヨボの愛犬
雌犬とすれ違う時だけ
シャキッと
背を伸ばし
気取って歩く

愛犬の死が悲しくて
病後の夫とハグしたら
痩せこけた背中に
余計
悲しくなった

義母の時も
泣いたけど
愛犬の時は
大大大号泣
鬼嫁である

あんまり
辛い時は
愛犬の骨壺
抱きしめて
耐えている

死んだ犬が
初めて
夢に出て来て
少し嬉しい
朝の始まり

命を買うのは
嫌だけど
あまりの愛らしさに
子犬を買った
夫の貯金で

明るい眼をした
子犬を
カードで
買う
違和感

夫の加齢臭は
限りなく気になるが
愛犬の獣臭は
たまらなく
愛しい

犬と夫
そっくりの顔して
抱き合って
寝てる
小春日和

猫は「ぬ」
犬は「I」
夫は「大」
妻は「ヒ」
それぞれの幸せな眠りの姿《かたち》

7　新しい箸

盆帰りの　義母の
体を洗う
鬼嫁が
一瞬
仏になった

片目が見えにくいという
義母の嘆きに
「独眼竜政宗だと思えば」
と軽くいなす
私は鬼嫁

泣く子を
保育園に預けるように
義母を
施設に
置いてきた

喫茶店で一人
珈琲飲みながら
ホワーッと息をつく
義母を施設へ
送った帰り

義母の
果てしない
孤独の上に
嫁の快適な
日常がある

好物を買い揃え
施設に急ぐ
腹が立っても
やっぱり義母には
勝てなくて

『長生きも芸のうち』
そんな言葉を地でいくような
術後の義母の
回復ぶりに
大拍手！

夫の癌転移
義母に告げられない
作り笑いが
凍りついた
酷暑

鬼嫁なんかじゃない
心は仏様だって
あなたが誉めてくれたから
私、もう少し
がんばれる

（故・鹿目三郎氏へ）

義母のこと
母と書いたら
実母に
申し訳ない
気がした

末期ガンと
診断された
義母に
新しい
箸を買う

ガンガン車飛ばした
知らされた
義母の余命
ぶっちぎるように
ガンガン飛ばした

夕焼けがきれいと
喜ぶ義母
ここは一生出られない
緩和病棟
とも知らず

逝こうとする
義母に
かける言葉
見つからなくて
世間話などしている

もうすぐ死ぬんだよ
という言葉を
飲み込んで
義母の背を
さする

死んだじいちゃんの
大きすぎる杖
頑丈で頼れるからと
ずっと握っていた
死んだばあちゃん

黒く伽藍堂な
口を開けて
逝った義母
あなたの一生は
喜びに満ちていたか

冷たい墓に
入れられる
義母の遺骨に
話しかけながら
暮らしている

義母の遺したアクセサリー
まとめ売りして
ヒラヒラの
千円札一枚
薄っぺらい心

墓を
ピカピカに磨いたら
心が
ストンと落ち着いて
ふるさとが笑った

逝っちまった義父《じい》ちゃんと二人
霊柩車で帰った
この道
カナカナ鳴いて
また　盆さまが来る

浴びせられた激しい言葉は
全て流れた
懐かしさだけを
掻き集めるように
義父の墓を掃く

桃の花
墓地に活けたら
義父《ちち》と義母《はは》
おひな様のように
笑った

何故か
嫁が
一番張り切って
取りしきっている
姑の一周忌

面倒をみてやっている
のではなく
みさせていただいて
私が義母に
育てられていた

8　空気の薄い日

「一体幾つだと思ってんの」
「まだ九十才です」
カラオケのステージに
立つと言い張る
父を叱って

「この娘《こ》には
反抗できないんです」
情けない顔して
ケアマネさんに
泣きつく父

心臓手術成功！
「百まで生きる」の
父の口癖に
ますます凄みが
増して来た

認知症の母の代わりに
ポイントカード持って
買い物に行く父
プライドは
とうに捨てた

私に会うと
父が笑う
母も笑う
嬉しくてたまらなそうに
コロコロ笑う

若いケアマネの訪問日
突如　おしゃれして
エレガントな紳士に
豹変する
九十三才の父

夫ばかりでなく
父も　母も
私の言葉に
「はい」
と　返事するようになった

お前は
ほんとに
いい子だねぇという
殺し文句に
生かされてきた

孫を抱けなかった父母は
寂しさを
凍らせて
えがおで
私を待っている

百まで生きても
生き足りない
と宣う九十三才の父に
レンジでチンを
叩き込む

厳しい口調で
両親を叱りつけた
私はいつから
親より
偉くなったのだろう

呼名されると
待合室に響き渡る声で
返事する父
カラオケで鍛えた
喉だ

がんばらない介護？
ふざけないでほしい
ぎりぎりのところで
ふんばって
生きているのだ

両親が
壊れてくる
仕方ないさと
無理やり笑顔で
別れてくる

私を
叱ったことのない
父を
叱って
空気の薄い日

9　一番の手柄

母さんと腕組んで
桜並木を歩いたら
目の
奥が
つん　と痛くなりました

「認知症初期です」
医師の言葉に
母は
ふうっと
小さく　笑った

呆けてもいい
歩けんでもいいよ
母さん
生きててくれりゃあ
それでいい

施設に通う母の指に
桜色のネイル
慌てて言い訳しながら
まんざらでも
ないらしい

あとは死ぬだけ
なーんて言いながら
めいっぱいおしゃれして病院へ
母さんのそんなとこ
好きだなあ

ありがと
どうもありがとう
どうもすみません
次第に変化してくる母から
私への感謝の言葉

一番尊敬している
母を怒鳴りつけて
泣かせた帰り道
車の中で
おんおん泣いた

「煮物だってちゃんと作るよ」
言い張る母の
鍋のふたに
悲しい程の
厚いほこり

嫁が治りますように
自分が代わりに逝けますように
母は
毎日
拝んでいる

嫁の病状を
知った
両親は
背中が90°
曲がったまま

病気の兄嫁の
車を売った
たとえ車でも
寂しいと
母は泣いた

兄嫁の病状を
告げる時
兄の顔は
ぐにゃりと一瞬
大きく歪んだ

娘の声を聞いたら
意識不明の
兄嫁の目から
涙が
こぼれたという

末期ガンの
兄嫁の手を
握ることしかできなくて
外は
五月晴れ

「義母さんのことは
私が一番解かっているから」
兄嫁の言葉が
心底嬉しく
でも妙に淋しかった

子どもに迷惑かけて
生きているのは
辛いと泣く
母を
泣く

あんまり長生きすると
迷惑かけるから
服薬やめようかと
母が真顔で
問うてくる

通院やめたら
パタンと
死ねるだろうか
と　病院帰りに
母

喜んでるふりして
譲られた
母の指輪
ほんとは
泣きたかったのに

母を詠んで
一席をいただいた日は
母に
一席を
あげたくなる

片っ端から物忘れする
母を
また叱りつけてしまって
口が
苦い

帰ろうとすると
手を握りしめてくる母
ハグすると
骨ばかりの
背中

今年もまた
生きて
紅葉を見られた
と　母の声が
明るい

母を抱けば
カラカラとした
空蝉の軽さ
この体が
私を育てた

娘の結婚式で
長持唄を
歌ってやりたい
それだけで母は
民謡を習い始めた

「いーい、親のために自分を
犠牲にするんじゃないよ」
トイレでおむつを
上げられながら　急に
覚醒する母

「お前を産んだことが
私の一生で
一番の手柄」
きっぱりと
認知症の母

10 勝負の春

文字が読めない
計算ができない
夫の病を知って
私は
ブッ壊れた

夫の体を
切り刻んだ
執刀医が
神に
思えた

十三時間もの手術
夫の頬に
一筋の涙
初めて見せた
弱さだった

術後三日目
ＩＣＵで
馬券を買った夫
競馬新聞を届けた妻
今でも語り草になって

彼の体に巣喰った
癌よりも
心に棲みついた
私の方が
絶対強い

ねえ夫《きみ》
そんな小っちゃい癌なんて
吹っ飛ばしちまいなよ
何十年
私の男、やってんの！

たった一滴の水が
夫の喉を
通った時
嬉しくて
座り込んだ

にっこりにっこり
にっこり笑って
君の病室出た
とたん
涙が出た

夫を診てくれている
癌センターの
先生は
夫より痩せていて
とても心配

夫の体調変化に
漬物石一つ分
沈む
心の
重み

柱の軋む
音にまで怯える
君のいない夜
しんしんと
一人だ

術後の夫の喉元の
腫れ
見つけて凍った
癌と闘い始めて
三度目の冬

延命治療の夫を
入院させた
泣かないように
まばたきしないで
帰ってきた

抗癌剤治療で
18kg痩せてから
ダンディになったと誉められ
満更でもなさそうな
素直な夫

白髪頭になれるだろうか
禿頭になれるだろうか
ヨボヨボ爺さんになれるだろうか
夫に与えられた時間は
どの位あるのだろうか

衰えていく
君の命を
五行歌に
書き映すことが
私の命

「肩の力、抜けよ」
闘病中の
夫に言われて
涙が
止まらなくなった

妻の言葉に
「はい」と
返事をするようになった
病む
夫

患ってからの
君の従順さが
悲しくて
余計
辛くあたる

「ほらー、こんなに食べられた」
子どものように
空茶碗《から》を見せに来る
胃の無い
夫

「去年、オペラ座のカフェで
お茶したよな」
ちょっと得意気に
微かに顔ゆがめ
癌センターのカフェで夫

寄席で大笑いする
闘病中の夫
横で
私も
泣き笑いした

薄くなった背中を
見たくなくて
患う夫の
半歩前を
歩く

ヒラヒラと痩せこけた
夫と
歩く
目で　支えながら
歩く

えいっと
心を放り投げて
ひょいと
空に浮かびたくなる
辛かった日

夫と共に
枯れていった
みかんの木
今年は十八個も実って
夫と私と仏様で復活祝い

カッコウが
我家の屋根で
鳴いたから
夫の病気
治る気がした

この夫《ひと》だけは
失くせない
五年生存率30%
今年五年目
勝負の春

ああ
この人が　今年も
生きていてくれて
本当に
よかった

11

白無垢を着て

自分は相手より
若く見えると
誰もが信じている
女心の
錯覚

「えー！　お若く見えますね」
そう言われたくて
女は敢えて
本当の年齢《とし》を
言う

三面鏡《かがみ》に写った
土偶
それでも尚
色気もあれば
意地もある

夢も
希望も
野心さえも飛び出して来る
還暦女の
巨大ポケット

見てないふりして
素早く自分の体と
見比べている
一喜一憂の
女風呂

無意識に
四番を避けている
飲み屋の下足箱
やっぱり
生きたいのだ

欲しかった服を
買っちゃった
日は
ちょっと真面目に
主婦をする

スーパーの特売日
30%引きを狙う
主婦の知恵
裏返してカゴに入れる
女の見栄

「30年間夫の散髪をしています」
と言えば聞こえはいいが
浮いたお金で
愛犬の
トリミングをしています

うきうきしてるのに
働きに出る夫に申し訳なくて
神妙な顔して
ごはん作る
月曜日の朝

今日も出かける妻の背に
「女房元気で留守がいい」
停年間近の
夫が
ボソリ

もうカメラは
要らない
心に残ったもの
だけが
本物の思い出

部活も
婚活も
終活も
同時進行させている
今どきの高齢者

インフルエンザも
ノロウィルスも
なーんにも寄りつかなくなった
自分自身が
ウィルス

子どもの日には
子のない人の
母の日には
母のない子の
痛みを思い　心を贈る

集まって話していると
みんな楽しそうで
一人ひとりの顔は
はっとするほど
淋しい顔をしている

白無垢を着て
嫁いできたのに
夫が　どっぷり
私色に
染まってしまった

12

なーんにも無《ね》。

教会は　からっぽ
モスクも　からっぽ
寺院さえも　からっぽ
神や仏や魂は
人の心の内に在る

みーんな
土に還《な》る
のに
何のための
この世の諍い

壁も
兵器も
差別もない
まあるい星は
ないものか

森になりたい
生も死も全て
引き受ける
大きな森に
なりたい

「命を寿ぐ」と書いて
寿命　だから
いくつで逝っても
その一生は
輝いていたのだ

大人はみんな
寂しいよ
いつか自分が
減くなってしまうことを
知っているから

人間の死亡率は100%
だから今日も
ありがたい
もったいないと
言いきかせて生きている

いつかは
消えて
失くなるものを
愛せるのが
人間なんだなあ

生きるのが
死ぬより辛いと
淋しく
解る
瞬間がある

「さようなら」を
ほんの少し含ませて
今日もまた
「こんにちは」を
言っている

ねえ、神様
長生きするって
きれいごとばかりじゃないけど
本当にいいことなんです、
よね？

死ぬことと
死ねないことでは
どちらが
ほんとうに
辛いのだろうね

朗らか　冬眠中
元気　休暇中
夢　病休中
それでもいつか
這い上がってみせる

生き方が
見事だ
と
言われる人に
なりたい

本当に辛いことは
口になど
できない
胸の奥に凍らせて
生きるだけ

後ろ向きでは
歩きにくいから
とりあえず
前向きに
生きている

切なくて
哀しくて
けれど
生きているのが
嬉しくて

いくつもの
愛を
感じられるから
今日も元気に
生きられる

新しい手帳を開く
真っ白なページに
一日一つの感動と
一日一つの幸せを
書き込める心でありたい

人生ってやつは
もともと
寂しいもの
なのかも
知れないね

ピノッキオのように
伸びきった鼻を
ペキッとへし折られた
気がする
歌会の帰り道

直球の五行歌しか
書けないのは
直球の生き方しか
できなかった
から

考えても考えても
自分は孤独で
とことん孤独で
それで
いい

墓の心配するよりも
野に晒されて
地球の一部に
なるのも
いいじゃあないか

遺影にピッタリの
写真見つかったのに
飾ってくれる
子孫のないことに
気がついた

死ぬ時に
看取ってくれる
人はいない
スパッと
逝かねば

のこすもの　のこすひと
なーんにも無《ね》。けど
まあいいじゃあないの
今　幸せに
生きてる

13

こんなに寂しいのに

こんなに寂しいのに
爪が伸びる
髪が伸びる
腹が減る
生きているのだ

辛いこと
嫌なこと
こそ
両手で
丁寧に頂く

虫には虫の
人には人の
生命の哀れ
一瞬に輝き
一瞬に消え

命の
前で
人は
みな
無力

辛いから
苦しいから
私は今
かなり
生きているぞ

いい人は早く逝くって
あんた証明したつもり？
巣鴨行くって
花見するって
約束破ったままにして

あたし、あんたのこと
死ぬまで許さないかんね
あたしの親友、こんなに泣かして
一人でさっさと
逝っちまって

君を失ったという
現実が
少しずつ
また少しずつ
膨らんでいく

死を悟って撮った
還暦の家族写真
「やあ」と一言
笑う君の
声が聞こえる

働いて
働いて
働きぬいて
たどり着いたら
この極楽

心療内科の待合室に
天井まで伸びたパキラ
行き場のない
患者の心
そのままに

「これは痛かったろう」
と乳腺外科医
「あなたは優しいんだね」
と心療内科医
たった一言の重さ

人を
愛すると
やけに
心が
寂しくなる

私
いつ死んでも
幸せだったと
言えるよ
でも今はまだ嫌だなあ

あったかいご飯に　拍手
おふとん干せて　拍手
「ただいま」と家族帰って　拍手
とにもかくにも生かされた
この一年に大拍手

今年も私は
元気いっぱい
生きるだろうなあ
弾むように
生きるだろうなあ

何
ひとつ
残せなかった
歌集一冊
置いていく

14

ただ嬉しい

乳癌の疑いが晴れた日
癌患者の夫が
私の頭を
ふわあっと
なでた

家中
カレーの匂いさせて
鍋をひたすら
かき回す
老婆の休日

料理下手の特製スープ
君がおいしそうに
食べるから
叫びたくなる
「時間よ、止まれ！」

レトルト食品を
こっそり出すと
夫は必ず
うまい！
と言う

どんなに　私に
腹が立っても
あなたは　私の
煮物が大好き！
んふっ、悔しいでしょう

夫がつけてくれた
私のイングリッシュネームは
カスリーン
暴れ出したら手のつけられない
台風のようだから　ですと！

窓いっぱいの光
夫の淹れたコーヒー
ハチミツたっぷりのトースト
しっぽを振る愛犬
これ以上完璧な朝があろうか

梅は武士の娘
桃は農家の娘
桜は花魁
私は？　と問えば
「ドクダミ」すかさず夫

居ればうるさいけど
居なければ淋しい
無口な夫の
最高の褒め言葉だと
勝手に思い込む

ちゃんと食べろよ
薬飲んだか
気をつけて帰って来いよ
ぶっきらぼうな
君の愛

傷を
優しく
覆ってくれる
君の言葉は
絆創膏

「肩、揉んでやろうか」
夫の一言に
義母への介護疲れが
スコーン！ と
ふっ飛んだ

二人でお使いして
お茶して帰る
たったそれだけ
の
大きなしあわせ

ジャムのびんのふた
夫にあけてもらった
あぁ
なんか
幸せかもしれない

何が幸せかって?
単純なことさ
ずうっと
君が
そばにいること

ピンクとブルーの歯ブラシ
透明なコップの中で
ピッタリとドッキング
アハッ　君達
バレンタイン大成功だね!!

競馬で負けても
パチンコですっても
腹は立たぬ
生きててくれる
それで充分

この夫《ひと》は
血の繋がりもなく
いわば赤の他人《たにん》なのに
一番そばにいたい
他人《ひと》だ

二人で
外出する
そのことよりも
帰ってくる所の
あるのがよい

嬉しい　ただ
嬉しい
あなたがいること
あなたが笑うこと
あなたと生きること

跋　人間の一番の喜びへ

草壁焰太

いままで読んだ歌集の中で、いちばんわかりやすい歌集だと思った。人は、何かを表わすとなると、どこかひねりたくなるものだ。よく一句ひねるとかいったりするのは、その心理をいうものであろう。

詩流久さんは、ひねりのない、真っ直ぐな性格である。書いていることに、ためらいもなく、いつわりもない。おそらくその行いもそうであろう。もし天性の先生というものがあるならば、こういう人ではないかと私は思う。

歓声と溜息に分かれる
新学期の担任発表
生徒が教師を

勉強より
大事なものがあるって
人は言うけど

勉強は

生きる希望だよ

評価する

緊張の瞬間

いままで、先生という職業に従事した人と何人にも会ったが、この人が自分の先生だったらよかったなと思える人は数人しかいない。なかでもいちばんいいなと思うのが、この先生である。

なんでもほんとうのことを言ってくれ、なんでも相談できそうである。おそらく真正面から答えてくれるであろう。勉強の歌は、私が言いたいことを確信をもっていってくれた歌である。私はこう言いたいが、照れてしまう。つまり確信が浅いのである。これほど確信した人につねにずばりこういわれれば、生徒もまたその確信に導かれるであろう。

さらに、歓声と溜息の歌は、生徒たちが思っていてなかなか言えないことである。こういう真実をじっと見ている人を、私は自分の先生としたいのである。

この人は、率直であると同時に情に溢れている。弱い人、くじけた人を放っておけない人である。こういう人は、まわりの人々を全員看護し、介護する運命にある。人を思う感情がその人たちを抱き上げようとするのである。

夫の癌転移
義母に告げられない
作り笑いが
凍りついた
酷暑

私に会うと
父が笑う
母も笑う
嬉しくてたまらなそうに
コロコロ笑う

浴びせられた激しい言葉は
全て流れた
懐かしさだけを
掻き集めるように
義父の墓を掃く

がんばらない介護？
ふざけないでほしい
ぎりぎりのところで
ふんばって
生きているのだ

こういう情の熱さで世話をする彼女は、その感情の強さでまわりに支配的になることもあり得る。その照れ隠しに、みずから「鬼嫁」と言ったりして自嘲もする。しかし、だからまわりの人に愛されてもいるのだ。

自然の声を表わすとき、うたびとは最もよくその個性を表わすと私は感じている。

パンパカパーン！と　　真夏の太陽を
一斉に口を開いて　　一人占めして
新春を寿いでいる　　カーンと暑さを
老人ホームの　　咲ききっている
ラッパ水仙　　カンナ

自然の最も輝かしく、力強いところに感応している。物事の陰翳は熟知しているであろう。弱い人に向うということはそういうことだから。しかし、陰翳の方向を選ばず、明るく、強く、輝かしいほうへ人を誘おうとするのである。

世の中を明るくするのは、こういう個性であろう。

五行歌では、うたびとがそれぞれの個性を表わしてきたが、よくこういう明るく、明確で、情愛を溢れさせた個性がいてくれたものだと、感激する。最近、人のあまりにも素晴らしいことを「神ってる」というが、まるで神のようなとも思う。
彼女には誰も逆らえないようなところがあり、誰かが愚かならばその人が神でも叱りつける。自分も神となっているからである。

教会は　からっぽ
モスクも　からっぽ
寺院さえも　からっぽ
神や仏や魂は
人の心の内に在る

ねえ、神様
長生きするって
きれいごとばかりじゃないけど
本当にいいことなんです、
よね？

心が明るく、真っすぐで、思いも深く透徹しているから、歌に説得力がある。人はみな彼女に対して「ハイ」と言うようになるらしい。自分に向ってくる真情に逆らえないからであろう。とくに癌と戦う夫との関係、情のやりとりが素晴らしい。

彼女の結論は、私たちの最もうなずくうれしいところへ至る。

嬉しい　ただ
嬉しい
あなたがいること
あなたが笑うこと
あなたと生きること

たくさんのありがとう

私の拙い歌集を手にして下さって、ありがとうございました。何か一つでも、心に響いた歌があったなら本望です。

私は毎年たくさんの子ども達と出会い、多くの事を学ばせてもらって来ましたが、自分の子孫を残すことができませんでした。ですから、歌集一冊位は、私の生きた証として残したいという気持ちが強くあったのです。

とは言え、入会してからまだ数年。歌の数も、重みもなく、あと十年はかかるだろうと漠然と思っていました。

背中を押して下さったのは三好叙子先生の「詩流久さんは歌集を出すつもりはありますか。」の一言でした。出版ということが、急に現実味を増して来ました。重ねて、私のまわりの親しかった人達が、次々に亡くなっていくことも「出来るうちにやらなくては」という気になったのです。それに、日本には昔から、「美人薄命」という言葉があるではないか。危ない、危ない。私は該当するかもしれない。「死ぬまでに一冊」と言ったって、私は一体幾つまで生きられるのか分からないではないか。急がなければ、間に合わないかも…。

そんな訳で、今までの私の暮らしを、五行歌という形でまとめることになったのです。

六十五才。振り返ってみると、私の周囲には善意に溢れた人達ばかりで、いつも温かな心に助けられ、支えられて生きてきました。

貧しい生活の中で、私の教育のためにあらゆることを援助してくれた両親。女でも、自分の力で働いて生きていくことの選択肢と、教師という職を選ぶきっかけとなった叔母や担任の先生。特に、小・中学校の担任は、国語教育に熱心で、読書や詩や生活文を書くことの楽しさを教えて下さいました。それ故、現在の私があると思っています。

教師になってからは専攻した英語ではなく、国語教育に夢中になっていきました。子ども達との国語授業は楽しかったです。でも、五行歌の存在を知っていたなら、もっと違った教育ができたでしょう。それだけが心残りです。三十四年の教員生活は、力強い同僚が常に助けてくれました。退職後も交流ができるのは、老後の大きな楽しみでもあります。

両足首変形症のため退職を余儀なくされた時、一日に何度もメールで励ましてくれた人。帰りが遅い私のために、温かいおかずをドアにぶら下げ続けてくれた人。夫の病が分かった時、山ほどの本を抱えて、相談に乗ってくれたお向かいの奥様。一緒に大泣きしてくれたお隣の奥様。私のメールがおかしいと、心配して早朝に駆けつけてくれた友。本当にたくさんの人の温かさで、今の私が生かされているのを感じます。私は、人が大好きです。

夫の病が分かってから、五行歌以外の趣味は全部辞めました。五行歌だったら、夫の様子を見ながら家でもできるので、そしてやっぱり書くことが好きなので、辞めないで続けることができました。

大宮と岩槻の歌会も素敵な人達ばかりです。今は亡き鹿目三郎さん、宮下孝子さん、菊地芳雄さん…いつも私の事を心にかけ、励まして下さいました。この歌集を見て頂けないのが残念です。

歌集の刊行は十二月十二日。草壁焰太先生の粋な計らいです。これは夫と私の誕生日。高校の同級生だった夫とは、全く同じ日に産まれ、十五才で知り合い、今年五十年。結婚して四十年になりました。五年生存率30％の病を、夫は乗り越えようとしています。支えて下さった癌センターの医師、すぐに手を打ってくれた義兄に心から感謝しています。「命」は当たり前ではない。そこには何か分からないけれど、大きな力が働いて、生きろと言われているように感じます。

この歌集の題名は『白無垢を着て』。私は白無垢を着て、渡辺家の色に染まるように嫁いできました。でも、気の強い私は、やはり気の強い義両親とバトルを重ねながら、私色に染めてしまったように思っていました。

白無垢を着て
嫁いできたのに
夫がどっぷり
私色に
染まってしまった

でも今は、少し違います。染めたつもりだったけれど、私も染められていたのです。

五十年間
互いの色を
織り合わせたら
私の白無垢
夢色に染まった

「夢色」というのがどういうものか。それは、それぞれの夫婦で違うものなのでしょう。

これからこの夢色が、どう変化してくるのか楽しみにしています。

まとめてみた歌の数々を見て、まだまだ深みが足りないと痛感しています。負けず嫌いの私です。このままでは嫌だなあとも思います。「死ぬまでに一冊」が、案外長生きしてもう一冊位、できるかも知れません。

それまでに、もう少し心豊かに感性を磨いて、皆様にお目にかかりたいと思います。なかなか動かない私の背を押して下さった草壁焰太先生、三好叙子先生、事務局の皆様、そして五行歌を通して生きる楽しさと刺激を与えて下さっている歌会の皆様、心から感謝申し上げます。

そして今、入院しながら私の歌集の完成を心待ちにしている母へ、私の自慢を生きがいにしている父へ、何より私を一人ぼっちにしないよう、病と闘い続けている夫、忠雄に、大きな大きな感謝を込めて。

ありがとうございました。

二〇一七年十一月三日（四十回目の結婚記念日に）

詩流久

アルバムより

五年生の頃

二年生の頃　恩師と著者（左）と友人たち

六年生の頃 鼓笛隊の指揮をとる

親友、智子さんと

大学の卒業式

結婚式 白無垢を着て
(昭和 52 年)

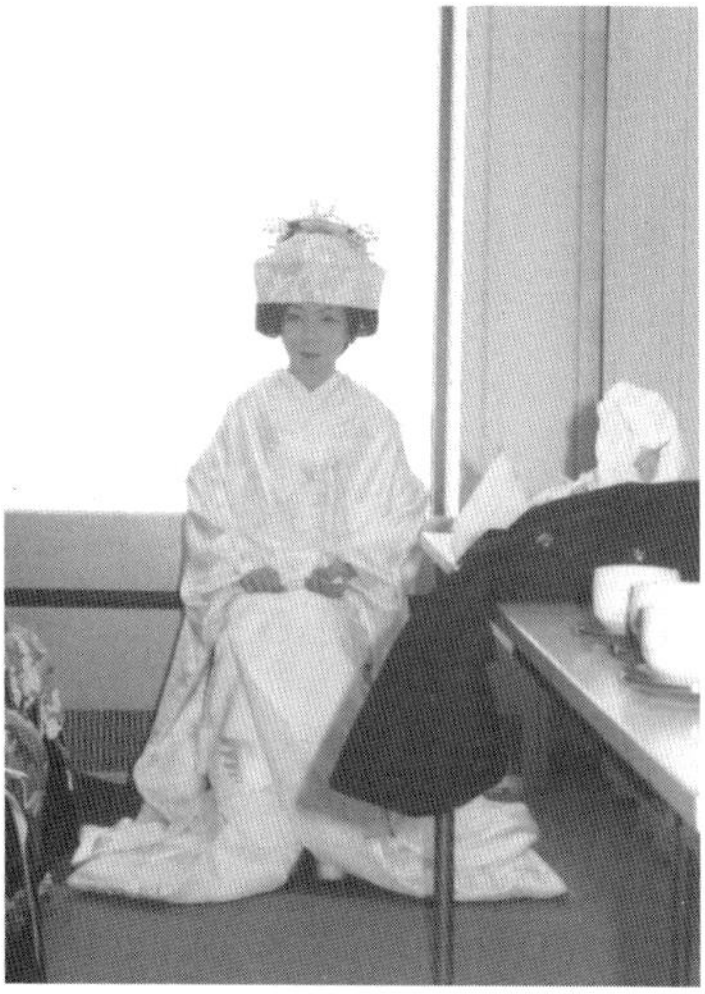

教師時代、卒業式

同僚たちと

Overseas trip

首長族の女性と（タイの北方民族）

夫とラクダに乗る（バリ島）

ビンタン島

ホイアンのホテル
象のダーリンと

ベトナムの海岸

ラオス

アユタヤ

詩流久（しるく）
本名・渡辺きぬ子
1952 年 埼玉県久喜市生まれ
1971 年 埼玉県立不動岡高等学校卒業
1975 年 獨協大学外国語学部卒業
　34 年間、蓮田市・久喜市の小学校教諭
　として勤務
2011 年 五行歌の会入会
住所　〒 346-0005
　　　埼玉県久喜市本町 3-3-39

五行歌集
白無垢を着て

2017 年 12 月 12 日　初版第 1 刷発行

著　者　　詩《し》流《る》久《く》
発行人　　三好清明
発行所　　株式会社 市井社
　　　　　〒 162-0843
　　　　　東京都新宿区市谷田町 3-19 川辺ビル 1F
　　　　　電話　03-3267-7601
　　　　　http://5gyohka.com/shiseisha/

印刷所　　創栄図書印刷 株式会社
絵　　　　著者
装丁　　　しづく

ISBN978-4-88208-153-1

五行歌五則

一、五行歌は、和歌と古代歌謡に基いて新たに創られた新形式の短詩である。

一、作品は五行からなる。例外として、四行、六行のものも稀に認める。

一、一行は一句を意味する。改行は言葉の区切り、または息の区切りで行う。

一、字数に制約は設けないが、作品に詩歌らしい感じをもたせること。

一、内容などには制約をもうけない。

五行歌とは

五行歌とは、五行で書く歌のことです。万葉集以前の日本人は、自由に歌を書いていました。その古代歌謡にならって、現代の言葉で同じように自由に書いたのが、五行歌です。五行にする理由は、古代でも約半数が五句構成だったためです。

この新形式は、約六十年前に、五行歌の会の主宰、草壁焰太が発想したもので、一九九四年に約三十人で会はスタートしました。五行歌は現代人の各個人の独立した感性、思いを表すのにぴったりの形式であり、誰にも書け、誰にも独自の表現を完成できるものです。

このため、年々会員数は増え、全国に百数十の支部があり、愛好者は五十万人にのぼります。

五行歌の会　https://5gyohka.com/
〒162-0843 東京都新宿区市谷田町三―一九
川辺ビル一階
電話　〇三（三二六七）七六〇七
ファクス　〇三（三二六七）七六九七